살다 보면
아프다

나무시인선 021

살다 보면 아프다

1쇄 발행일 | 2019년 06월 15일

지은이 | 원교
펴낸이 | 윤영수
펴낸곳 | 문학나무

문학나무편집 | 03044 서울 종로구 효자로7길 5, 3층
기획 마케팅 | 03085 서울 종로구 동숭4나길 28-1 예일하우스 301호
이메일 | mhnmoo@hanmail.net

출판등록 | 제312-2011-000064호 1991. 1. 5.
영업 마케팅부 | 전화 | 02-302-1250, 팩스 | 02-302-1251
ⓒ 원교, 2019

살
다
보
면
아
프
다

원교 시집

문학나무

빛으로 가는 하나의 길

감기가 미니 시리즈 드라마처럼 증세를 달리하면서 여러 가지로 괴롭히던 한 주를 보내고 모처럼 한가한 토요일 오후를 보냈다.

약을 먹어보긴 하지만 어차피 들어온 바이러스는 제 몫을 다 챙기고서야 내 몸을 떠날 것이다. 그 때까지는 불청객처럼 예고 없이 방문한 병균에게 내 몸을 내어줄 수밖에 없다.

삶도 어쩌면 그런 것이 아닐까?
그것이 무엇이든 시작된 일은 언젠가 끝나게 마련인 것처럼 그 끝과 새로운 시작을 향해서 하염없이 가야만 하는 그런 것이 아닐까.

많은 일들이 생각지도 않았던 순간에 벌어지곤 한다. 많은 일들이 그저 닥쳐온 것이었다. 슬픔과 분노, 놀람과 두려움을 미리 계획하는 이가 어디에 있으랴. 그런 것들은 아무도 예상하지 못한 순간에 눈사태처럼 부딪혀 오는 것이다. 따지고 보면 기쁨과 환희, 여유만만한 평화조차 나 혼자 힘으로 이루어지는 것이 아니다. 주변 상황, 주위의 여러 조건과 맞아떨어질 때 가능한 일들이다.

그래도 간혹 지치고 피곤한 일상 한가운데 감동적인 사건이 숨어 있다가 불쑥 눈앞에서 꽃처럼 피어나곤 한다. 그럴 때 우리는 나는 듯이 뛸 듯이 잠시 잠깐 일상을 잊어버리곤 한다. 그렇다면 삶은 한 번쯤은 감내해 볼 만한 드라마가 아닌가?

그렇게 끊임없이 생겨나고 사라지면서 언제나 지속되는 삶은 영원한 반복인지도 모르겠다. 어떤 이는 그걸 생명으로 읽고, 또 어떤 이는 권태로 읽는다. 이와 같은 인생의 두 빛과 그림자는 결별할 수 없는 운명의 동반자인지도 모르겠다.

우리가 삶을 어떻게 느끼든 우리를 둘러싼 세계는 꿈적도 하지 않은 채 제 갈 길을 가고야 만다. 삶을 생

명에의 약동으로 느끼거나 그 반대거나 세계는 꿈쩍
도 하지 않는 것이다. 그렇다면 결국은 우리의 선택이
우리의 삶을 결정하는 것이 아닌가. 인생을 허무로 읽
어버린다면 사막의 밤처럼 그지없이 춥고 삭막하겠기
에 우리는 오로지 빛으로 가는 하나의 길을 바라보는
것이리라. 그리고 그렇게 가는 삶은 분명 감당할 만한
가치가 있는 것이리라.

2019년 5월
원 교

차례

제4부
산으로 들어간 거북이

제1부

뽀따누 뽀따나

시간 여행

일요일에
토요일 신문을 읽었다

떠나간 별에게
눈길을 주었다

일요일에
월요일 신문을 읽었다

앞서 온 별에게
눈길을 주었다

앞서거니 뒤서거니
별이 별을 만나는 날에

검색창

검지를 펼치고
물결을 그렸다

영 점 영 영 일
센티미터 경계 아래
세상이 누워 있다

액정을 뚫고 일어서는
고립과 불안, 말 말
…….

궁금하다

액정 불빛에 날아드는
부나방의 수명은 얼마인지

겸손한 사랑은

어디에서 헤엄치고 있는지

궁금하다

오늘도 세상은
웃고 있는지

융합카페

1
스님이 오셨네
눈발이 날리는데
캐럴 송 흐르는데
탁발을
염불을

그 분, 참!
— 아이야, 너는 소리를 담아라
— 나는 커피콩을 준비할 테니

2
여자가 물었다
— 개구리 어디서 사야 돼
— 딸내미가 개구리 먹고 싶다네
— 맨날 잊어버리네
남자가 답했다

— 드론 정거장 가기 전, 오른쪽 카페
— 어떻게 파는지 물어본다는 게
— 나도, 맨날 잊어버리네
— 참, 머리에 뿔 난 개구리가 거기에 산다더라

그 분들, 참!
— 아이야, 너는 소리를 담아라
— 나는 커피콩을 준비할 테니

섬 속의 섬

피라미 새끼 몇 마리가
웅덩이에 모여 있다는 소문이 들렸다

이다음 이다음에
반짝, 반짝이는 용궁을 짓겠다고
이리 뛰고 저리 뛰고

— 여기저기, 보안이 제일 중요한 담장도 치고
— 의리와 성능이 제일 중요한 개와 늑대의 똥을 묻
고
— 도로변, 크기가 제일 중요한 대문도 달고

다시는 피난 가지 않아도 될 용궁을 짓겠다고
어쩌면, 어쩌면
영원히 살지도 모른다고

피라미 새끼 몇 마리가

쥐뿔도 모르는 게, 겁도 없이

인터넷 족보

갈릴레이도전쯤은아무것도아니라며시작부터세상을놀라게할사물인터넷에투자하라는자수성가형정보전문가의예리한분석이실시간검색어1위를차지했다몇몇의대학생들이맥도날드앞에서내내떠들던족보가있어야대박그게그것이었나겨울내내족보가궁금했다재밌냐고물었다은근슬쩍끼어들어야그래야좋은어른이라는생각을했으니까그런데왜쓸쓸하지그래좋은어른못알아보는건당연한거지난족보가없거든아니있어도진짜옛날족보거든내족보에누가관심이나가지겠어그게밥먹여주냐고글로벌모씨라고바꿀까도생각했다그래야선진국민아니겠냐고그래도일단엄지손가락에모든걸걸어보자고좌우둘다익숙해질때까지몇몇오타쯤은그냥넘기자는말과세상에공짜가어딨냐는말은남기고끝냈어

바둑

— 농이 아니다

백 : 거짓말이죠

흑 : 그냥 말입니다

백 : 참말이 아니잖아요

흑 : 거짓말도 아닙니다

백 : 말이 안 되잖아요

흑 : 이미 말인 걸요

백 : 농하지 마세요

흑 : 농이 아니라, 말이라니까

긴가민가, 흑백의 논리에

여럿이 죽고 살았다

끼니의 발견

창조에서 진화로 다시, 개조에 이르기까지
새로이 출시될 삶을 찾아

체온에서 체질로 다시, 체제에 이르기까지
할인 구매의 기회를 찾아

교감에서 교신으로 다시, 생존에 이르기까지
사차원의 예절과 명분을 찾아

클릭!
클릭!
클릭!
꿈에라도 잊을까, 똑똑한 하루 세 끼

충전으로 시작되는 출산에서
다시, 사후의 세계에 이르기까지
얇고 가벼울수록 신이 나는 끼니를 찾아

설정 가능한 명분을 찾아

뽀따누 뽀따나
— 말투가 온몸에서 자란다

뽀족하게
따끔하게
누구도 어쩌지 못하게

눈 귀
코
입
사이사이
이중 삼중의 면도날이
무력하게

뽀족하게
따끔하게
나도 어쩌지 못하게

말투가 온몸에서 자란다

정수리에서
종아리까지

그것이던가, 그게

새가 운다
그것이던가
히말라야를 넘는 새가 있다지
물어보다가
높게, 멀리 나는 새가 주인공이라던가
아니라던가
산이 산이라던가, 아니라던가
선승의 휘파람 소리라던가, 그게

꽃이 새를 만나는
살구언덕길 이백팔십칠, 일백사 다시 구백오
시인의 방에 새가 난다
그것이던가
호수에 머리를 풀고
물고기와 물풀의 대화를 상상한다는 게
잠깐이라는 게
멈춤이라는 게, 그게

망각의 경전

안경을 손에 쥐고
안경을 찾고 있네

순간순간 이별하는
이야기와 이야기

눈은 또 나리어
어느 생을 지우는가

외로운 퇴근

짐짝처럼 옮겨지는 시간들
한 겹씩 벗겨온 매콤한 껍질들

창틈으로 으깨어지는 저녁 달빛이
서투른 미련으로 외줄을 타고

해갈을 원하는 발그레한 얼굴에
두렵게 녹아내리는
인간이 무너지는 소리

내 마음이 곧
네 마음일지라도

누구라고,
마음 부르는 이 없어라

자기만 알고 있는 방에서

신음의 껍질을 깔고 앉아
슬픔을 토하다 지친 구릿빛 얼굴들

몰랐습니다

몰랐습니다. 빗속에서도 매미가 우는 줄
몰랐습니다. 빗속에서도 이별이 오는 줄
몰랐습니다. 눈물도 흐르면 바다가 되는 줄
숨만 떨려도 뚜벅이는 파도를

백신

간혹
눈에 보이지 않는
미세한 것들이
인간의 일상을
지배한다는 것이
두려울 때가 있다

삭제

남녀가 뒤엉킨 장면에서
— 그가 땅으로 많은 돈을 벌었다
라고 쓰고 보니
나는 언제쯤 베스트셀러 작가가 될 수 있을까
하는 생각이 자꾸 들어
지워버렸다.

돈 보다 귀한 것이 있으니
— 오직, 쓸 뿐!
이라고 쓰고 보니
글이란 게 발목을 잡기도 하지만, 이념을 낳기도 하
지
하는 생각이 자꾸 들어
또, 지워버렸다.

다시 다시

허리에 힘을 더해야 하는 장면에서
손발이 따로따로 딴짓을
하는 생각이 자꾸 들어
헛웃음을 썼다.

글을 쓴다면서.

유리가면

얼굴을 감추었다고
마음이 사라지는 것은 아니네

먹먹해지는 가슴과 떨리는 눈꺼풀
익숙한 아이의 울음소리와 숙면을 방해해 온 눈물
이 사라지는 것은 아니네

눈빛을 감추었다고
약속이 사라지는 것은 아니네

불면의 육하원칙
— 조명은 꺼지지 않았다

푸르게 피어난 조명이

언제부터

어느 집에서

마네킹 사이로 헤엄을 치다

못 견디게
— 무수한 눈초리에 짓밟혀
— 메마른 팔을 내젓는
— 배영과 접영으로

그는 줄지어 산을 넘는 기러기가 아니므로

시소리

소리 내는 시라도
다 말하지 못하는 무언가
비밀스런 구석이 있어

시 파 시 파
시 바 시 바

시를 파내는 소리
시를 바라보는 소리
이 소리 저 소리, 현을 튕기는데

시 파 시 파
시 바 시 바

소리 내는 너는
너를 부둥켜안고
너의 음률과 속내로 노래하라

욕하고 싶지만

작가시니까 글로 말씀하세요
여기서, 이러니 저러니 말씀 마시고

그러니까 글로 말하잖아요
여기서 이렇게 저렇게 욕도 안 하고

베토벤 커피

베토벤*이
커피콩 육십 알을 세었다

삶이 소리 내는 소리
땀방울 떨어지는 소리
점점
착해지는 소리가
커피콩 육십 알을 정확히 세었다

베토벤이 그랬으니까
나도 그랬다

*Beethoven, Ludwig van

셀카

지나칠 정도로
의아한 표정도 좋아

마음을 들켜버린 듯
깜찍한 표정도 좋아

말뜻을 모르는 듯
바보 같은 표정도 좋아

좋아
좋아

하나에서 열까지
손 안에 있으니

땅, 알람

댓글이 땅. 땅. 땅
소셜이 땅. 땅. 땅
엎드렸다
일어섰다
누웠다
간혹, 요술 카펫을 타면
아직, 쩔쩔 끓는 빨간 빛
댓글이 땅. 땅. 땅
소셜이 땅. 땅. 땅

── 차단이냐, 연결이냐

땅
땅
땅

세상은 땅 중이다

제2부

끝나지 않은 꿈

끝나지 않은 꿈

숙면을 가로챈,
깊고 어두운 검열의 바다가 몰려온다

균형을 잃고 헤매는 유희遊戲를 바라본다
흠칫 놀라면, 목젖에서 솟아나는 외침

— 유희 없이 사랑을 그리워할 수 있으랴
— 유희 없이 사랑을 이야기할 수 있으랴

아!
끝나지 않았다
발목이 잘려도 외치는
광마*의 꿈

— 너는 유희를 만난 적이 있는가
— 나는 유희를 꿈꾼 적이 많았다

약속을 가로챈,
그 깊고 어두운 구속의 바다가 몰려온다

방향을 잃고 흔들리는 자유를 바라본다
흠칫 놀라면, 목줄기를 감싸오는 외침

— 자유 없이 사랑을 그리워할 수 있으랴
— 자유 없이 사랑을 이야기할 수 있으랴

아!
끝나지 않았다
손목이 잘려도 외치는
광마의 꿈, 끝나지 않은 꿈

— 너는 자유를 만난 적이 있는가
— 나는 자유를 꿈꾼 적이 많았다

*마광수는 스스로를 광마(미친 말)라고 불렀다.

형에게

지난 주말에
시집의 원고를
출판사에 넘겼소이다.

서너 달
책 속에 머물다 보니
꿈에서조차 책이 나타날 지경이오.
게다가, 워낙 날씬했던 몸매는
조금 더 날씬해지는
상흔도 남겼소이다.

조금 쉬면서
잘 먹고
몸무게를 늘리려 했는데
당장의 계획이 무산된 것은
그 꿈 때문이었소.

책에 깔리는 꿈인데, 깔려서
재미난 이야기를 떠올린 거요
이야기에 어찌나 빠졌던지
이야기가 내 등골을 붙잡고 놓아주지 않더이다.

천생, 글쟁이이기를
내 생에 계획한 적 없었는데
이 무슨 팔자란 말이오.

어쩌겠소.

천성인지, 또 하루
이야기를 붙들고 있소이다.

건강 조심하시오.

해몽

멀쩡한 잠자리를 두고서
책꽂이 옆에서 잠들었다.

전등이 시계추처럼 흔들리더니
책꽂이가 쓰러져 세상을 덮쳤다.

창문의 허리가 꺾이고 터졌다.
아픔과 비명이 까맣게 일어났다.

하루라도 책을 만지고 껴안지 못하면
잠들지 못하는 자, 그가.

책 속에 묻혀, 잠들었으니
길몽이다.

아직 웃기만 하고 있다.
책 속에 묻혀, 책을 베고 누운, 그가.

하루살이

아침 햇살에 반짝이는
날개를 보았네
가장 어리지만
가장 성숙한 날갯짓을

저녁 햇살에 부서지는
살림을 보았네
가장 작지만
가장 강력한 진실을

하루를 살아도
천년처럼
가장 짧지만
가장 질긴 희망을

반짝이고 부서지는
하루 또 하루

그러나, 웃음이 가난한 땅에서

창가의 절규

뭉크*의 방을 기억한다

손바닥에 사마귀의 갈퀴를 그려 넣고
다른 한 손에 매미의 입술을 그려 넣고
땅으로 뻗는 빛을 따라
주먹 쥔 창가에서

말하지 못한 것들.

주먹에 분노와 방어를 더하고
다른 한 손에 욕망과 탄식을 더해도
하늘이 빨갛게 물들지 않는다면
두려움만 더한 비명일 뿐

절규가 보이는 창가에서
절규를 그린다고
시인의 절규가 뭉크의 절규는 아니다

*Edvard Munch

샘이 없는 거리

새처럼 날아들고파

물 한 모금
하늘 한 번
깃털 한 번
부리 한 번
…….
마시고 바라보고
씻어내고파

그 누가 뭐라고 해도
아이처럼 뛰어들고파

사람의 거리에
샘이 있다면

소녀상

소녀를 보았네

우리 옷 입은 단발머리 소녀
울어도 웃어도
언제나 소녀 같은 소녀

나이가 궁금했지만
묻지 않았네
질문이 질문스럽지 않아서

소년이 소녀를 보았네

가엾은 아이

두리번두리번
잠깨는 아이

엄마가
집을 비운 사이

콧물이 찍
눈물이 찍

도라지 꽃봉오리
흐린 비 흐르는데

콧물이 찍
눈물이 찍

꽃물이 흐르는지
빗물이 흐르는지

물에 빠진 지갑

천 원짜리 만 원짜리
내가 누구인지 다 말하지 못하는, 이름들
젖어도 썩지 않는 플라스틱 쪼가리들

더하여
줄줄이 따라 나온 사내의 일생이
가을 햇볕 아래
입술이 파랗게 널려 있다

일부만 젖었다고 애써 위로 하지만
마음이 젖었으면 다 젖는 거지
일부만 젖는 삶이 어디 있으랴

버리지 못한 약속
하나하나씩 다시 챙겨 걷는데
한탄이 한탄강보다 길고 멀다

행군의 짐 던져 버리고
가볍게 걷자던 시인의 약속은
어디에서 만날까

줄줄이 따라 나온 사내의 일생이
젖은 짐승의 가죽처럼 끈끈하다

그 겨울의 곡조 위에

좀처럼 잠들지 못하던 기억에
속도 모르고 떠나간 날짐승의 둥지에
비가 내린다

허공을 향해 찌르는 팔뚝에
떠나가는 너를 붙들기 위해 자라나는 손가락에

— 가지 말고 있으라, 소리에 소리

깃털이 내려앉은 눈동자, 실핏줄에
서슴없이 빗물에 내어놓는 콧등과 입술에

— 참지 말고 쏟으라, 눈물에 눈물

좀처럼 잠들지 못하던 기억에
남모르게 쏟아내는 그 겨울의 곡조 위에
비가 내린다

달빛 월요일

멈춤 없이 타오르는 그 이것을 위해

달빛의 심장을 꺼내어 촛대를 꽂고

나를 묶어 온 노동과 가엾은 눈물을

또 다시, 세상의 모든 아픔을 태운다

먹은 게 없다

내가 나를 아는데
검사가 무슨 소용이겠소

나를 위해서라는데
언제나 같은 결과 아니요

먹은 게 없다
말하지 않았소

몸조심하라는데
먹은 게 없는 나는
— 싫소이다

에이 검사
비이 검사
피이 검사
— 다 싫소이다

〈
건강 검진이라는데
검사보다 국밥이 좋다아!
— 이 말이요

커피콩의 력사

눈 뜨는 아침마다
한 잔의 사약을 받들고
력사를 받들었지만
얼마나 많은 아침에 갈리고 쪄지고
그것도 모자라 검은 피 뚝뚝 떨어뜨렸는지
력사의 현장에서 어떻게 자존심을 지켜왔는지
물어보지 않았다
따져보지 않았다
오, 력사여
검은 향기여
또 하루 입에 담는 커피콩의 력사여

북악산에서

아름다움의 극댓값을 구하기 위해
조심스럽게 내려다보는 마을 마을
저기 어디쯤

취하더라도 명쾌할 수 있기를
더 이상 두렵지 않기를
토하듯 노래하는 청춘의 무대
저기 어디쯤

새벽이라야 잠이 드는
이십 세기의 마지막 여름이
소리 없이 묻혀 있다

하나를 얻기 위해
하나를 버리는
북악산 등줄기
저기 어디쯤

밑동 잘리어도 돋아나는
내 청춘의 노래가 말없이 묻혀 있다

동파의 계절

공부하지 않는 왕은 간신들의 세 치 혀에 속아 그들의 곳간을 스스로 채워주었고, 백성들은 간신들을 부러워하고 따라하여, 세상에 도적질을 부끄러워하는 이가 많지 않았다. 세월이 흘러, 동파의 계절이 눈앞이다.

텅 빈 새벽

어느 날 내가 꿈에서

소주병이 되었다

딱 몇 번 소리 지르다

텅 빈 새벽이 되었다

멸치국물

작고, 힘이 없어서가 아니다.

머리에서 꼬리까지, 삶은.

꺾이고 뒤집히고, 삶아지고.

조금씩 말라가는 것임을.

그래도, 살아 있어야 제 맛이라고.

누군가에게는, 뜨거운 환전의 기쁨이 되고.

누군가에게는.

삶아진 너의 삶이, 오직.

크고 착한 유산으로 남겨지기를.

〈

깊고 향긋한 국물로 남겨지기를.

내가 아니라.

작은 물고기에게 위로를.

호박잎 된장찌개

어머니께서 말씀하셨다
뜯기고 삶아졌어도
슬퍼말라고

감춰진 손바닥
까끌까끌 하지만
한때는 꽃다운 시절이 있었다고
누가 뭐래도
거친 땅에서 견뎌온 목마름과 걸음걸이
그토록 아프게 살아온 이유
마주하라고

담장 밑 질긴 팔뚝이
자글자글 익혀져도
한 줌의 씨앗이
수백 수천의 평화로 남겨졌다고
누가 뭐래도

갈라진 땅에 버려둔 형제애와 핏줄기
안아주라고

하나의 삶이 뜨거워지는 동안
짭조름하게 끓어오르는 호박잎 된장찌개
이제는 때가 됐으니
후후
서로의 상처에 입김을 불어주고
입술에서 혓바닥까지
짜릿한 만남을 노래하라고

한 수저 듬뿍, 어머니께서 말씀하셨다
서로 사랑하여라

술친구

중독인가 꾸준함인가를 두고

사내들이 싸웠다

한숨을 채운 소주잔을 앞에 두고

머리를 부딪치는 사내들

나라가 뒤집히는 것도 아니고

남과 북이 통일되는 것도 아니고

세계평화를 위한 제주잔을 올리는 것도 아니면서

말끝을 부딪치는 사내들

서로를 부축하며

〈

노동을 부딪치는 사내들

중독이면 어떻고 꾸준함이면 어떤가

내일 다시 싸울 힘만 남긴다면

해장시

시를 읽으면 속이 풀릴까
시집이나 국밥이나 그 돈이 그 돈인데
안주철 시인의 시집을 펼쳐두고
'다음 생에 할 일들'*을 읽어본다.

위하여!

휘휘 저어가며
호호 불어가며
속을 푼다.

또 하루 살 수 있겠다.
국밥이야 한 끼쯤 걸러도 그만이지만
시가 없으면 죽을지 모른다.

*창비시선, 안주철 시인

장미

가시가 없었다면

나무는 존재하지 않았으리니, 꽃은 존재하지 않았
으리니

시 또한, 존재하지 않았으리니

한 송이 삶을 얻기 위해

피부를 찌르고 살 마디마디 가르는

머리에 박히고 뼈 마디마디 부수는

가시를 품었다

시를 품었다

글값

내 평생 가야할 길 출사표에 남겼으나
서재에 묻혀 산들 밥이 나올까 떡이 나올까
사람들 말하네

천년의 인내를 배워볼까 한 것이지
애당초 글값이야 바라지 않았었네

돈보다 귀한 것이 있는 줄 알면서도
비우기 힘든 마음 부끄럽고 한심하여
새벽달 등에 지고 밤나무를 찾았다네

속이지 못한 마음 들키고 말았는지
툭 툭 토닥토닥 위로하듯, 밤톨을 내어주네

솥에는 물을 붓고, 아궁이에 불을 넣네
욕심 비워내고 평정 채우는 일, 조른다고 될 일일까
급하다 생각 말고 삶아서 먹으려네

〈

나무의 보시에는 무엇으로 답을 할까
한 끼 감사하고, 시 한 수 읊노라네

땅콩 한 줌

시 써서 번 돈
어디에 쓰시려는가

콩밭으로 가는 마음
꽁꽁 묶어두고
시린 잇몸 사이에
땅콩을 물었다

땅콩 한 줌 더 사서
나누어 먹세나

동행

앞으로 앞으로
좇기만 할 때
아프고 가난해지지

고개를 돌려보렴
잠깐이면 돼

옆으로 옆으로
어깨를 나란히
함께 가야 하니까

세상, 별별 놈

　세상, 별별 놈者 다 있다. 그 중에 꽃이 되는 네가
있다. 너의 앳된 손이 세상을 틔우고, 깨쳤다. 이름이
있겠지. 이름을 물었을 때, 너는 말하지 않았다. 너의
깨침에 대하여, 너의 꽃됨에 대하여……. 말하였으
나, 말이 필요 없는 너의, 너됨에 대하여 읽었다.

　세상, 별별 놈者 다 있다. 그 중에 꿈이 되는 내가
있다. 나의 앳된 손이 세상을 틔우고, 깨쳤다. 이름이
있겠지. 이름을 물었을 때, 나는 말하지 않았다. 나의
깨침에 대하여, 나의 꿈됨에 대하여……. 말하였으
나, 말이 필요 없는 나의, 나됨에 대하여 읽었다.

웃었지

행복을 찾아 떠났던 길에서
행복이 무엇인지 몰라서
그러나, 행복을 원해서

그 때나 지금이나
행복이 무엇인지 몰라서
그러나, 행복을 원해서

산 자에게 애도를
죽은 자에게 축복을

그리고, 그냥 웃었지
웃음이 행복의 씨앗일 거라는 생각이
변하지 않아서

제3부
봄에는 묻지 않았다

사람은

산새 두 마리
산벚나무 헤치며 서로를 쫓는데
사람은 사랑을 쫓는다
속 보이는 그리움을 꺼내고
사랑을 붙들고, 사람은

산새 두 마리
바람을 헤치며 서로를 부르는데
사람은 노래를 부른다
가슴에 이는 바람을 꺼내고
노래를 붙들고, 사람은

떠날 때 버리는 것이
새로운 것도 아닌데

진정
만남과 이별이 둘이 아님을 알면서도

이름을 붙들고, 사람은

포복
— 봄으로 가는 풀잎

속살 하얀 봄으로
엎드려 걸어가는 풀잎

손목만 잡아도, 풀풀
물오르는 마을에서
민낯의 만남을 연습하네

속살 하얀 봄으로
엎드려 걸어가는 풀잎

뼈와 뼈 사이로, 풀풀
물오르는 마을에서
코끝을 끌며 걷고 있네

시차

그리움은
새의 혓바닥처럼
너무도 어려서
뒤척여
눈앞이 흐리고
노란 연초록빛
양지바른 비탈에
습기의 변화를 따라
미묘한
시차를 가지고 살지

개나리

넌 노랑 하늘
아 그래서 봄

애상

진달래 꽃잎 속에
가슴을

떨

어

뜨

리

다

누군가 너에게 꽃말을 묻거든
굳게 껴안는 슬픔이라 하여라

밀알의 봄

생각을 펼쳐보면
들판을 펼쳐보면

긴긴밤 견디어 온
밀알 하나

몸을 오므리는
밀알 하나

생각은 흙이 되고
밀알을 감싸는데

허리가 굽어가는
밀알 하나

생각을 밀어내는
밀알 하나

봄에는 묻지 않았다

나무에서 젖내가 나는데

힘찬 새 한 마리 날아들어, 노래하는데

봄에는 묻지 않았다

친구도 믿으면 안 된다고, 하던데

정말로 그런지, 묻지 않았다

햇살

누군가의 햇살은 촉촉하고
누군가의 햇살은 반짝이죠

빗소리

가을이 오던 창가에
그가 온다

쇠가죽 당겨 맨 북을 메고
싸리꽃 방망이 북채를 쥐고

둥 둥 둥

온다

비가 내리면

하냥
떨어져 내리는 것들에게
내가 나에게
편지를 쓴다

절대
울지 않겠다고

작은 연못

물벌레가 스스로를 치유하는 산란의 무대 ― 작지만 네 안에 하늘이 있어, 크기와는 상관없는 마음을 만나노라. 두 번 같을 수 없는 생애와 스스로를 씻어 내는 아침을 만나노라. 묵은 허물을 접어 종이배 띄우노라.

칡꽃

잊고 있었다

마치 거짓말처럼
홍자색 단내 뿌려놓은 여름을

숲으로 가는 걸음, 걸음마다
속 깊은 곳 숨겨진 이야기를

봄날이 아니라도
술잔이 아니라도

손가락 걸던 아이
뾰족뾰족 돋아나는 또 다른 나를

숲에서 자란 나무, 나무마다
미치도록 향기롭다는 것을

혹 잊고 있었다, 너를

락키*

양팔을 동그랗게 모아

너를 안아주려는 거야

맑은 물소리 건네주려는 거야

보호한다는 말은 어렵지만

네가 나에게 웃음 줄 때

너를 안아주려는 거야

*락키 : "보호하다" 라는 산스크리트어 "락샤" 에서 파생한 단어.

능소화 고백

나팔 불며 달려가는 붉은 아침

가을을 외치고, 가을을 고백하노니

터질 듯 자라나는 붉은 마음

그리움을 외치고, 그리움을 고백하노니

실없이 마음 들키는 구월에는

고백 하나만으로 살아갈 힘이 있어

아직, 살아갈 힘이 있어

밤송이

반짝이는 햇살아래 놀러온 가을

누구라고 지나칠까, 따끔한 유혹

바람이 지날 때마다 쫑긋쫑긋

— 나는 밤송편을 좋아해

내 마음은 열었는데, 너는 언제쯤

낙엽, 흐르는 강

나뭇잎 씻어내는 가을비
새순을 기억하며 흐르는

만남을 시로 옮겨 앉히면
점점 넓어지는 물길로 옮겨 앉히면
만남은 자유롭고 나무는 향기롭다
— 이번 생에는
— 이번 생을 살아야지
나무처럼

나뭇잎 씻어내는 가을비
내일을 약속하며 흐르는

이별을 시로 옮겨 앉히면
점점 깊어지는 물길로 옮겨 앉히면
이별은 자유롭고 낙엽은 향기롭다
— 다음 생에는

— 다음 생을 살아야지
낙엽, 흐르는 강처럼

그림

이리 날리고 저리 날리어 온 나무의 옷자락 그리고 저

애벌레도 알아챈 땀방울, 이별, 동그랗게 그리고저

처음도 끝도 없는 만남, 뒤늦은 나무 이야기 그리고 저

엽서

물 깊어 뿌리둘 곳 모르는
히드라, 말미잘
강장동물의 먹고 마심

아메바처럼
단세포로 커져만 가는
이해 아닌 느낌

무작정
자꾸 커져만 가는
등 위로 쏟아지는 햇살

거울을 보듯이 우표를 붙여
너의 바다로
너의 하늘가로

시차 2

내 마음은 천사의 날개처럼
자정에 자유롭소

새벽안개가 내 폐부를 꺼내 들고
설렁설렁 흔드는 시간
고독론
— 뜨거운 알몸에서 분만되는 감상적 충동반응
창조론
— 굴레인 듯 해방되지 않는 자유, 그 자유로움

하루의 시작이 쇳물 같은 맥박으로
척박한 대지에서 일어서고
모험처럼
동녘으로 기어가는 몸뚱이
현기증으로, 차라리 놀라듯
햇빛 깊숙한 곳으로
너무도 순순히 머리를 처박는데

낙타처럼 등 뒤로 생명이 호흡을 하오

천사여
향기인 양 땅을 밟으시오
내 마음은 당신의 그림자로 하여, 비로소
정오에 깊이 잠드오

행복론

서로에게 가장 중요한 것 한 가지씩만 바라고
그것을 지켜주려 애쓰고
그렇게 바라보며 세상을 이겨낼 수만 있다면
정말, 그 이상은 아무 것도 바랄 게 없을 거야
세상의 눈으로 보면, 아무 것도 아닌, 하잘 것 없는
것일지도 모르지만
나는 그런 삶이 최고라는 것을 알고 있어
사랑은 서로에게서 시를 읽는 것이라고 했던가
알고 있겠지
너에게도 진실은 있음을
단지, 은폐되거나 외면된 채로일 따름을
굳이 감추려 않는다면
더 이상 망설일 필요는 없겠지

입맞춤

노랑과 빨강 파랑, 원색의 유혹처럼

거짓 없는 눈빛으로 너를 안으리라

합쳐지듯 사라지듯, 다시 피어나는 촛불처럼, 성화
처럼

모든 음률의 가운데서 자유의 언어를 바라보리라

해방된 기억보다 해방되어야 할 계절들이 더 남아
있음에

탈피를 꿈꾸는 계절들을 굳세게 약속하리라

완벽한 조화는 감동을 본능으로 하기에

입을 맞추어 노래하듯 지침 없이 호흡하리라

〈

생채기가 남아도 아프지 않을 흔적

이미 그렇게, 춤꾼이기를 멈추지 않으리라

동지가 되어, 함께 노는 동무가 되어

너와 나 뿐인 곳으로 떠나리라

안개비

여행을 준비하는
나무와 빗물
오늘따라 엉겨붙네

서로의 가슴을
파고드네

허리를 지나 발끝까지
받아주고 씻겨주는
순결한 애정

어디로 눈길을 줄까
똑바로 쳐다볼 수 없네

처음으로

너를 느낀다고

일기장에 적혀 있다 처음으로

나 자신에게 성숙했다고

말하고 싶은 날이다

처음으로

시인

너의 말을
내가 쓴다

해

짭조름-하게
환쟁이 물감 풀 듯, 환장하게

날갯짓 하얀 바닷새, 반짝임
모래와 모래의 틈새, 속삭임
물씬 나는 해초 냄새, 입맞춤

못다 한 이야기

뛰어드는 바닷새의 뒤꿈치에
입술 떨리게

한 번 더

제4부

산으로 들어간 거북이

혼자여도 예뻐지는 봄날

중앙선 기차를 타고 섬강을 지나가면
산마루 잔설 녹아 골짜기를 씻기네

발갛게 피어나는 살구둑*에 들어서면
고향의 아들딸들 머릿결도 고와라

누구누구를 떠올리고 간이역에 내려서면
하품하는 살구꽃 촉촉한 볼살이여

*원주시 행구동

산으로 들어간 거북이

치악산에
거북이가 산다더라
꽃바람 불어오는 살구둑에서
나 또한
꽃바람에 날리는데
느리게 걸을수록 예뻐지는 숲속에
산벚나무, 이끼가 걸어가는
사이사이
느린 걸음 참 예쁜, 거북이가 산다더라
바다를 꼭 닮은 눈동자
있다더라

숲길

나비가 먼저 가고 내가 쫓아간다

다 말하지 못할 그림이 따라온다

누가 먼저랄 것도 없는 길이지만

새들이 먼저 가고 내가 쫓아간다

프로필
— 린과 나

가슴 설레는 복숭아꽃을 좇고
돌배의 다섯잎 하얀 그늘 아래서
허기도 잊고 자유로운 너

새들의 부리만한 쑥향을 만나고
손을 내밀면, 부득부득 콧등을 들이대며
모성적인 사랑을 찾아주는 너

너의 수행법을 배우고 싶었으나
말이 아니면 몸짓으로 통하면 될 일
언제나 눈빛으로만 말하는 너

이방인의 삶에서, 네가 없었다면 나는
무엇으로 두려움과 외로움을 견뎌낼 수 있었을까
너라고 서운함과 아픔이 없었겠니?

다시 또 봄이 오고, 여름이 올 테지

계곡으로 나무그늘 조금만 더 깊어지면
물의 오래된 이야기를 만나러 가자

시마음

시를 읽는 너
예쁘고, 즐겁구나

너의 미소 흉내 내는
어린 마음에
붉게 돋아나는 한 송이

이게 시마음인가
예쁘고, 즐겁구나

환영가

소년 소녀여!
치악마루로 오라

맨드라미 꽃차
빨간 한 모금
정성은 입술에 담고

흥겨운 노래와
쾌활한 웃음
눈빛은 눈빛에 담자

소년 소녀여, 오라!

오직
향내 나는 모월母月
어머니 달빛을 따라서
잠들지 말고 오라

진달래 꽃술

빨강 – 꽃이 필 때마다
주황 – 꽃이 질 때마다
노랑 – 사랑은 너의 몫
초록 – 손끝이 떨릴 때마다
파랑 – 붓끝이 떨릴 때마다
남색 – 효과 빠른 원 샷
보라 – 진달래 꽃술

볼 다시 빨개지는 봄을 위하여!
너를 위하여!

오래된 약속

거름진 텃밭.

상추씨 뿌렸습니다.

햇살도 뿌려집니다.

합창

누가 뭐래도, 나는 나의 소리로
노래를 부를거야

사랑쯤은 훤히 아는 것처럼
이별쯤은 훤히 아는 것처럼

오, 누가 뭐래도
가지가지 꽃 피우는 나무처럼
네 편 내 편 없이
부를거야

누가 뭐래도, 너는 너의 소리로
노래를 불러다오

뜨거움이 무엇인지 아는 것처럼
반짝임이 무엇인지 아는 것처럼

빨간 맛

여름을 먹었네

어느 것 하나라도

사람이 없으면 없는 맛

빨갛게 살 오른

토마토를

빈병

빈 소주병을 버렸다
버릴 때마다
생애를 함께 버릴 듯이

어머니는 모으셨다
하나에 백 원
열 개에 천 원
백 개에 만 원
이만큼이면
꽤 고소한 고등어구이와
꽤 풍성한 하루가 된다는 것을
자식의 생애가 지켜진다는 것을
알고 계시던 거였다

나는 버리고
어머니는 모으셨다

꿈

고향 집 마당은
겁도 없이 따뜻해

채송화 강아지
낯익은 꼬마아이

여름내 뒹구는
경이로운 간지럼

코끝을 맞대고
흩날리듯 놀겠네

물고기도 야채수프를 좋아할까

향로봉 넘어온 여름을, 뚝뚝 끊어서
살구둑 걸어온 풀냄새, 훅훅 볶아서
새빨간 거짓말 낮달을, 휘휘 저어서
연초록 선명한 야채수프, 호호 불어서
함께 먹어 보겠니, 하하하 웃어 주겠니

아, 살 만하구나!

베고니아춤

어깻짓 살짝살짝
단꿈에 놀아나는
신월랑 나비처럼
입꼬리 살짝살짝
햇살에 놀아나는
카리브 선장처럼

꽃차

매화차 옆에 두고

옛 글을 마주하네

차 한 모금에

글 한 장 넘기려는데

입에서 한 움큼

꽃잎 피어나는 소리

아침에

빛이 없으면 없는 이름들

창가에 넋 놓고 붙어있다

반세기를 견뎌온 창틀에

줄줄이 눈물만 흐르는데

떨리는 그림

시와 그림을 그리고 보니

부끄러움 더하고 떨리는 마음

그러고 보니

바람이 시를 핥았다

바람이 붓끝에서 떨고 있는 거였다

삶은 한 글자다

들. 판. 의. 풀. 처. 럼. 무. 덤. 가. 돌. 처. 럼. 딱.
한. 글. 자. 다.

거미

너. 는.
울. 지.
않. 는. 구. 나.

축. 하. 한. 다.
너. 의.
허虛,

성. 공. 적.
비. 움. 과.
탈. 출. 을.

물에 빠진 지갑 2

약속한 그날에 도란도란 바다로 가자
도시의 한편에 마른 행군의 짐 던져버리고
내 마음 알 듯 한 명태 목장을 찾아가자

누구누구를 그리워하며 바다로 가자
감춰두었던 나침반과 문장을 봇짐에 담고
어깨를 부딪쳐도 고마워할 곳으로 찾아가자

꼬리에 꼬리를 길게 물고 바다로 가자
21세기 대관령을 넘는 기차를 잡아타고
끈끈한 포구에 줄지어 선 옛 친구들 찾아가자

동편 하늘 출렁이고 문득 사랑이 떠오르면
이미 손가락 걸고 설레는 포구를 추억하고
바람에 날아오르는 꽃씨처럼 바다를 향해 가자

바다의 나이테를 찾아 뜨겁게 산을 넘자

일상 속에서 점멸하는 아우라

일상 속에서 점멸하는 아우라

1. 평면의 세계에 가라앉은 울퉁불퉁한 감각

새로운 세기가 시작된 지 벌써 20년이 지났다. 21세기가 도래하기 직전 희망을 품은 사람이 있었고 절망을 품은 사람이 있었다. 그 중간도 있었을 것이다. 그러나 변화는 미미했고 세계의 시간과 공간은 평면에 가까워지고 있다. "영 점 영 영 일/센티미터 경계 아래/세상"(「검색창」)이 위치하게 된 지는 그보다 더 오래되었지만 더욱더 평면이 되어 가고 있다. 최근에는 4차산업혁명을 준비해야 한다는 목소리가 다양한 분야에서 거세게 일고 있고, 일각에서는 이미 도래한 4차산업혁명의 시대를 감지하고 있는 듯도 하다. 인공지능과 빅데이터, 사물인터넷 등이 우리들의 일상으로 스며들기 시작하고 있다는 느낌은 기분 탓으로 돌릴 수 없는 엄연한 현실이 되어가고 있다.

원교 시인의 두 번째 시집 『살다 보면 아프다』는 빠르게, 아니 거세게 변화하는 세계의 시간과 공간 속에, 존재하지만 존재하지 못하는, 분명 '지금 여기'에 있지만, 결코 '지금 여기'에 있다는 확신을 가질 수 없는 미미한 존재들의 감각들이 꿈틀거리는 장이다. "새로이 출시될 삶"을 찾아서 "사차원의 예절과 명분"(「끼니의 발견」)을 찾아서 떠나는 긴 여행의 이정표는 어쩌면 직선으로 도식화가 가능한 근대의 시간이나 새롭게 발견된 대륙이라고 할 수 있는 사이버공간에서 찾을 수 없을 것이다. 그렇다고 원교 시인의 시적 주체들이 사이버공간이라는 신대륙에 대한 거부감을 가지고 있다고 말할 수 없다. 그는 새로운 세계에서 더욱 미미한 존재의 속삭임을 감지하기 위해 일상으로 로그인을 한 것뿐이다. 형식적으로 완성된 시간과 공간으로 이루어진 일상에 로그인할 수 있는 사람은 점점 그 수가 줄어들고 있는지 모른다. 하루하루가 축제가 아니면 견딜 수 없는 세계에서 느슨하고 기억되지 않는 일상에 접근한다는 것 자체가 퇴행이 될지 모르지만 원교 시인의 두 번째 시집은 일상에 접근하기 위해 사투를 벌이고 있는 전장이다.

일요일에
토요일 신문을 읽었다

떠나간 별에게
눈길을 주었다

일요일에
월요일 신문을 읽었다

앞서 온 별에게
눈길을 주었다

앞서거니 뒤서거니
별이 별을 만나는 날에
—「시간 여행」 전문

　과거, 현재, 그리고 미래는 근대의 시간을 알리는 중요한 지표지만 현대를 살아가는 우리들에게 시간의 흐름과 삶의 지속은 일치하지 않는 것으로 보인다. 위 시의 주체는 "일요일에/토요일 신문"을 읽으며, "일요일에/월요일 신문"을 읽는다. 영화에나 나올 법한 이야기지만 현실세계에서 누구나 경험하게 되는 흔한 일상이다. 하루가 지난 신문을 인터넷이나 스마트폰을 이용해 읽을 수 있고, 경험하지 못한 미래인 내일의 신문을 오늘 읽을 수도 있다. 물론 미리 작성되어 다양한 매체에 게시된 것이지만. 원교 시인의 『살다 보면 아프다』의 첫 번째 페이지를 장식한 위 시는 어쩌면 원교 시인의 시론이 고스란히 담겨 있는 시편임을 눈치 빠른 독자들은 알아차릴 것이다. 위 시에는 "신문"을 읽는 주체와 "별"에게 눈길을 주는 주체가 등장한다. 과거를 "떠나간 별"이라고 비유하고, 미래를 "앞서 온 별"이라고 비유하고 있지만 이 시에서 비유는 큰 역할을 하지 않는다. "별"에게 눈길을 주는 주체와 "신문"을 읽는 주체는 하나이기도 하고, 둘이기도 하지만 과거의 별과 미래의 별이 만나도록 하는 장소로서의 인간인지 모른다. 허무를 그려내면 허무주의자의 넋두리를 들어야 하는 곤혹스러움을 감당해야 하지만 원교 시인의 시적 주체는 자신의 사라짐에 대해 무덤덤하다. "순간순간 이별하는/이야기와 이야기"(「망각의 경전」)란 어쩌면 일상에서 수없이 일어났다 사라지는 에피소드에 불과하고, 삶 또한 "자기만 알고 있는 방"(「외로운 퇴근」)에서 가벼운 생의 흔적을 남기고 가는 장소인지 모른다. 그럼에도 희망이 남는 이유는 무엇일까.

2. 말투는 아무것도 남기지 않지만

반복되는 일상이라도 아무런 의미가 없는 것은 아니다. 아침에 일어나 커피를 마시는 일도 그러하다. "커피콩 육십 알"을 세는 주체는 "베토벤이 그러했으니까/나도 그랬다"(「베토벤 커피」)고 무심하게 결론을 맺고 있지만, 커피콩 한 알 한 알을 세는 행위를 매일 반복한다는 것은 쉬운 일이 아닐 것이다.

> 삶이 소리 내는 소리
> 땀방울 떨어지는 소리
> 점점
> 착해지는 소리가
> 커피콩 육십 알을 정확히 세었다
> ―「베토벤 커피」 일부

위 시는 3연으로 구성된 「베토벤 커피」 중 2연으로 1연에서 베토벤이 "커피콩 육십 알을 세었다"고 과거형으로 진술하고 있으며, 3연에서 "베토벤이 그랬으니까/나도 그랬다"로 마무리하고 있다. 이 시에서 주체가 말하고자 하는 바가 확실하게 전해지지 않는 것은 베토벤과 주체의 시간 간격이 멀기 때문일 것이다.

그러나 「베토벤 커피」 2연을 잠깐 살펴보면 베토벤이 커피콩을 세고 있는지, 주체가 커피콩을 세는지 구분이 되지 않는다. 또한 과거형으로 서술된 이 시에서 유일하게 남는 것은 '커피콩'뿐이다. 커피콩을, 그것도 "정확하게 육십 알"을 매일매일 세는 것은 거의 강박에 가까운 행동일 수 있다. 그러나 커피콩을 세는 소리는 "삶"의 소리이며, "땀방울"이 떨어지는 소리이다. 베토벤이 커피콩을 세는 소리인지, 주체가 커피콩을 세는 것인지, 그렇지 않다면 커피콩을 재배하는 사람들의 소리인지 독자들은 알 길이 없다. "삶"과 "땀방울" 등이 "점점/착해지는 소리"가 되어 커피콩을 정확히 세고 있다. 소리가 착해진다는 것은 어떤 것인지 알 길이 없다. 그러나 청각적인 감각이 수를 세고 있기 때문인지, 수를 세는 행위가 커피콩 한 알에 맺혀있는 아주 작은 사건들을 환기하기 때문인지, 다양한 해석이 가능하다.

몰랐습니다. 빗속에서도 매미가 우는 줄
몰랐습니다. 빗속에서도 이별이 오는 줄
몰랐습니다. 눈물도 흐르면 바다가 되는 줄
숨만 떨려도 뚜벅이는 파도를
—「몰랐습니다」 전문

가까이 가지 않으면 보이지 않는 세계, 일상. 지겹
고, 지치게 하고, 아무것도 변화하지 않는 사건. 사건
의 반복. 이러한 반복 속에서 차이를 만들어내는 것은
쉽지 않고, 차이를 보는 것도 쉽지 않은 일이다. 그러
나 「몰랐습니다」의 주체는 세밀한 관찰과 경험을 통
해 비 내리는 날을 기록하고 있다. 불규칙하지만 반복
되는 자연현상 속에서 일상의 차이를 읽어내려는 주
체의 의도는 "눈물도 흐르면 바다"가 될 수 있다는 깨
달음이다. 그러나 더 많은 확신을 주기 위해 목소리를
높이지 않고 낮추는 것은 '살아 있음'에 대한 강조일
것이다. 일상에서 반전이 일어나지 않는 것은 아니지
만 일상의 무난함 속에서 희망을 읽어내고, 살아 있음
을 확인할 수 있는 것은 쉬운 일이 아니다. 주체가 일
상으로 접근해 들어가 발견한 것은 다음 시에서도 확
인할 수 있다.

뾰족하게
따끔하게
누구도 어쩌지 못하게

눈 귀
코

입
사이사이
이중 삼중의 면도날이
무력하게

뾰족하게
따끔하게
나도 어쩌지 못하게

말투가 온몸에서 자란다

정수리에서
종아리까지
─「뾰따누 뾰따나」 전문

「뾰따누 뾰따나」는 "말투가 온몸에서 자란다"는 부
제를 달고 있는 시이다. 외국어인 것 같은 '뾰따누 뾰
따나'를 세로로 읽으면 1, 2, 3행의 첫 글자 세 개를
단어로 사용한 것을 알 수 있다. 그러나 이러한 가벼
움과 동시에 이 시에서 느껴지는 것은 무감각에 대한
깊이 있는 성찰이 아닐까 싶다. 말과 말투는 엄연히
다르다. 같은 말이라고 하더라도 누가 어떻게 발음하

느냐에 따라 말의 의미는 타인에게 천차만별의 형태로 도착하게 된다. 그런데 말투는 "누구도 어쩌지" 못하고, "나도 어쩌지" 못하는 것이다. 재생이 불가능하기 때문이다. 물론 영상으로 찍어놓으면 재생이 완전히 불가능한 것은 아니다. 그러나 그것은 복제된 것이기 때문에 그 순간의 감각과 감정을 실어오지 못한다. 전달해야 할 말이 온몸에서 자라는 것이 아니라 전달하지 못하는 말들이 "온몸에서 자란다" 굳이 표준어를 얘기하지 않아도 대부분의 사람들은 감정이 전해지는 언어를 절제하는 경우가 많다. 그러나 아주 작은 감정은 말투에서 간간이 문법과 예의 사이를 빠져나가기도 한다. 실수라 말할 수도 있고, 감정을 절제하지 못했기 때문일 수도 있다. 온몸에서 자라는 이 말투는 그럼에도 "무력"하다. "정수리에서 종아리까지" 온몸에서 돋아나는 말투는 말이 될 수도 있고 안 될수도 있다.

3. 나는 사라지고 순간의 감각은 남는다

2000년대를 넘어서면서 시에 등장하는 주체는 정체성의 위기에 직면하게 되고, 이를 돌파하기 위한 다양한 실험들이 이루어졌다. 2010년대가 끝나가는 현재에도 주체의 문제는 더욱 증폭되고 있다. 4연으로 구성된 「텅 빈 새벽」은 "꿈에서/소주병"이 되는 이야기이다. 그 꿈이 왜 악몽이었는지 알 길은 없지만 "소리 지르다" 깨어난(혹은 꿈에서 소리를 지른) 주체는 "텅 빈 새벽"이 되고 만다. 일상은 기억되지 않는다. 작은 주체도 마찬가지일 것이다. 그러나 "너의 말을/내가 쓴다"(「시인」)는 것은 원교 시인의 작은 주체에 대한 사랑과 깨달음 때문일 것이다. 원교 시인도 없고, 시적 주체도 사라진 자리에 남은 것을 무엇이라 불러야 할까. 아무도 기억하지 못하고, 아무도 들여다보지 않지만 순간의 감각을 남기고 사라지는 일상. 그 일상 속에서 늘 다른 빛깔로 깜빡이다 사라지는 불빛, 그걸 감히 일상 속에서 '점멸하는 아우라'라고 부른다면 과장된 이야기일까.

넌 노랑 하늘
아 그래서 봄
―「개나리」 전문

하늘의 위치를 바꾸는 것은 가능한 것일까. 현실세계에서 불가능한 것을 시에서 가능하도록 만드는 것이 '불가능의 가능성'이라고 할 때 개나리의 "노랑"에 집중하고 있는 주체는 하늘을 지상으로 끌어내리는 일에 성공한다. 하늘의 위치는 먼 곳이나 도달할 수 없는 곳에 있는 것이 아니라 일상 속에서 흔하게 발견할 수 있는 곳에 있다. "넌 노랑 하늘"은 짧은 시의 1행에 불과하지만 개나리를 지칭하면서 개나리를 다른 의미의 장으로 옮겨놓는 역할을 해내고 있다. 2행에서 주체는 "아 그래서 봄"이라고 비약하면서 단시이지만 깊이 있는 울림과 경쾌함을 동시에 선사한다.

여름을 먹었네

어느 것 하나라도

사람이 없으면 없는 맛

빨갛게 살 오른

토마토를
　—「빨간 맛」전문

인간이 느끼는 감각, 시각, 청각, 후각, 미각, 촉각

중에서 미각을 돋보이게 하는 이 작품은 「빨간 맛」이 무엇인지 궁금증을 유발한다. 시각적이라고 할 수 있는 빨간색이 어떤 맛인지 알 수 없지만 '지금 여기'에 존재하는 사람만이 느낄 수 있을 것이다. 순간의 감각인 것만큼은 확실해 보인다. 또한 "어느 것 하나라도 //사람이 없으면 없는 맛"인 "빨간 맛"은 현실세계에서 우리가 흔히 놓칠 수 있는 타인에 대한 찬사이기도 하며, '공동의 세계'를 살아가는 나 아닌 다른 존재에 대한 감사의 표현이기도 할 것이다.

4. 빛과 그림자가 결별할 수 없는 운명의 장, 일상

"많은 일들이 생각지도 않았던 순간"에 벌어지는 일상, "슬픔과 분노, 놀람과 두려움을 미리 계획"할 수 없는 세계에서도 "감동적인 사건이 숨어 있다가 불쑥 눈앞에서 꽃처럼" 나타나기 때문에 "삶은 한 번쯤은 감내해 볼만한 드라마"로 자신의 시론을 대신하고 있는 원교 시인은 "끊임없이 생겨나고 사라지면서 언제나 지속되는 삶은 영원한 반복"인지도 모른다고 조심스럽게 이야기하고 있다. 또한 삶을 "생명"이라고 읽는 사람과 "권태"로 읽는 사람이 있을지라도 그

것은 "인생의 두 빛과 그림자는 결별할 수 없는 운명"(「시인의 말」)임을 읽어내고 있다.

봄에는 묻지 않았다

친구도 믿으면 안 된다고, 하던데

정말로 그런지, 묻지 않았다
　　—「봄에는 묻지 않았다」일부

이 시의 주체의 침묵은 어디까지 닿아 있을까. 어디까지가 생명의 범위일까. "생각을 펼쳐보면/들판을 펼쳐보면" 드러나는 "밀알 하나"를 발견할 수 있고, "생각은 흙"이 되어 "밀알 하나"를 감싸지만, 허리가 굽어가면서 생각을 밀어내는 "밀알"(「밀알의 봄」)은 스스로 생명을 일구어 나간다. 그 토양이 나의 생각이며, 나를 통해 자랐다고 생각했지만 모든 생명은 세계를 구성하고 있는 시스템과 무관하게 스스로를 위해서 자란다는 깨달음을 독자들과 함께 공유하고 싶어서였을 것이다. 그렇다면 위에 인용한 시에서 주체가 봄에는 아무것도 묻지 않은 이유를 조금은 이해할 수 있다. 타인을 모두 믿어야 한다는 신념은 보이지 않지만 그 보다 더 깊은 생에 대한 긍정성을 발견하게 된다. '지금 여기'에서 변화를 경험하지 못하고, 느끼지 못한 주체라 할지라도 그것 또한 삶을 사는 것이다. 언젠가 누군가에게 닿을 미래에 대한 희망. 그렇기 때문에 믿음과 신뢰는 말로 전해지지 않는다. 몸에 달라붙은, 아니 몸에서 뗄 수 없는 신체기관이기 때문인지 모른다.

누군가에게는, 뜨거운 환전의 기쁨이 되고.

누군가에게는.

삶아진 너의 삶이, 오직.

크고 착한 유산으로 남겨지기를.

깊고 향긋한 국물로 남겨지기를.

내가 아니라.

작은 물고기에게 위로를.
―「멸치국물」 일부

인간의 운명뿐 아니라 살아있는 생명이라면 삶과 죽음의 운명으로부터 자유로울 수 없다. "누군가에게는, 뜨거운 환전의 기쁨"이 되기도 하는 멸치. 그러나 이 시의 주체는 "너의 삶"이 "크고 착한 유산"으로 남겨지기를 기대하고 있다. 그러나 마지막 두 연에서 "내가 아니라.//작은 물고기에게 위로"가 되기를 바란다고 하면서 마무리를 하고 있다. 이 세계로부터 위로를 원하지 않는 이 주체의 사랑을 무엇이라 불러야 할지 모르겠다. "성. 공. 적./비. 움. 과./탈.출."(「거미」)을 동시에 감행할 수 있는 존재에 대한 이야기일까. ✽

| 발문 | 정현기 문학평론가

시로 쓰는 존재의 말씨름 길

시로 쓰는 존재의 말씨름 길

한 때 우리는 복싱선수들이 치고받으며 얼굴에 된통 얻어맞은 사람이거나, 허리께를 정통으로 얻어맞은 사람이 바닥에 쓰러져, 열까지 헤아리는 심판의 단조로운 외침을 들으며, 일어날까 말까를 몸에게 묻는 선수들을 지켜봐 왔다.

어젯밤 나는 권투선수로 시합에 나가는 꿈을 꾸었다. 너무 엉뚱하고 사리에 맞지 않는 그 꿈을 생각하며 꿈이 무엇인지 곰곰이 생각을 굴리고 있다. 그 그저께 받은 시인 원교의 시편 원고 아흔 두 편을 슬쩍슬쩍 넘겨보면서 빙긋이 웃음을 입가에 바른다.

몇 년 앞께 성균관대학교 동양철학과 석-박사과정 학생들과 만나 얘기하고 들었던 〈동서문학과 예술 세미나〉 강좌 자리에 앉아 있던 그를 나는 만났다. 미국에 가서 오래 살며 예술혼을 찾고 있던 그가 문득 이러다가 아주 미국에 붙박이살판나겠다싶어 한국에 돌아온 후, 뭔가 자기 삶의 자취를 남기고 싶다는 뜻을 내게 보였다. 그가 시인의 덧옷을 걸치게 된 내역이다.

작년에는 그의 첫 시집 『동그란 얼굴』을 아흔아홉 편 시집 잇기로 내어, 세상에 자기가 짧은 글, 시를 쓴다는 것을 알렸다. 그 시집에 발문 겸 시평을 내가 붙여 그렇게 만난 인연의 질긴 끈을 다시 잇는다.

두 차례로 내는 그의 시집 제목이 『살다 보면 아프다』인데 그 표제 글씨를 어머니께 부탁하여 받았다고 한다. 그의 첫 시집 첫째 장 작가의 말에 굵직한 제목 글씨를 나이 드신 아버지 글씨로 장식하였다고 기억하는데, 이 둘째 시집에서는 아예 책 제목을 어머니 글씨솜씨로 내세우고 있다. 정이 깊은 사람일수록 아버지 어머니 품의 정을 잊지 않는 이이기 쉽다. 정이 깊은 사람일수록 또 살며 겪는 아픔을 꿰뚫어 읽는다. ―말투가 온몸에서 자란다―는 부제목을 한 「뾰따누뾰따나」는 그가 제목으로 붙인 『살다 보면 아프다』라는 주장 또는 외침에 딱 들어맞는 제목으로 퍽 재미있다. '뾰족하게/따끔하게/누구도 어쩌지 못하게//뾰족하게/따끔하게/나도 어쩌지 못하게'에서 앞 글자들만 모아 제목으로 붙였는데 읽다보면 저절로 웃음이 흐르게 된다.

권투선수가 되어 링에 나서던 꿈을 꾼 내가, 이 시로 쓰는 존재의 말씨름 길에 나선 원교 시인의 시를 읽고 또 남들에게도 권하는 글을 쓰면서, 드디어 나도 권투선수가 되려나보다. 발길질만은 엄하게 막고 치는 권투선수가 상대 얼굴에 주먹을 날린다든지 허리에 주먹을 쑤셔갈기는 그런 일이 시를 쓰는 일에는 없는 걸까? 아하, 시를 쓴다는 것이야말로 우리들 삶의 깊은 의심 얼굴이나 비틀린 허리에 이야기 말 주먹을 갈겨대는 것이나 아닐 것인지? 그가 앞으로 더욱 강한 말들을 골라보리라는 말을 듣고 기대를 키우며, 이 꼬리 글로 축하의 뜻을 전한다. ✱